Llevé a la Luna a pasear

Escrito por **Carolyn Curtis**

Ilustrado por **Alison Jay**

Barefoot Books

step inside a story

Anoche llevé a la Luna a pasear.

Me siguió como una cometa dispuesta a volar,

aunque no vi cuerda de la que pudiera halar,

cuando llevé a la Luna a pasear.

Llevaba mi linterna azul en esta ocasión,

y la Luna se asustó y se ocultó sin razón.

Pero se asomó entre las nubes,
suaves como el algodón,
cuando llevé a la Luna
a pasear.

Le dije a la Luna que más alto subiera,

para que la esbelta torre de la iglesia superar pudiera,

mientras los perros del vecindario aullaban afuera

cuando llevé a la Luna a pasear.

De puntillas caminamos por la hierba sin hacer ruido

porque los petirrojos ya dormían en el nido,

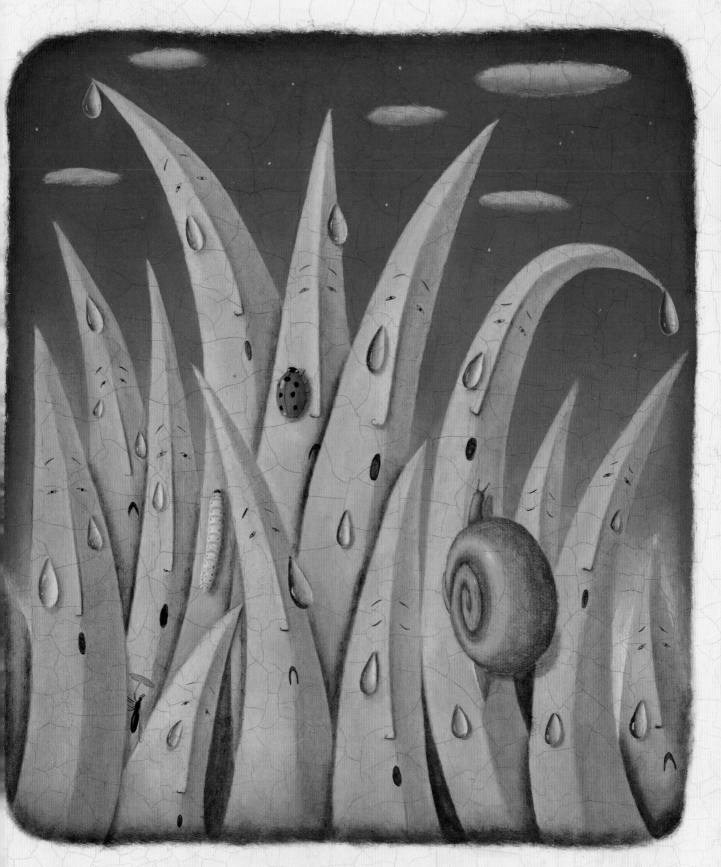

y la hierba parecía llorar desde que la Luna llamó al rocío
cuando llevé a la Luna a pasear.

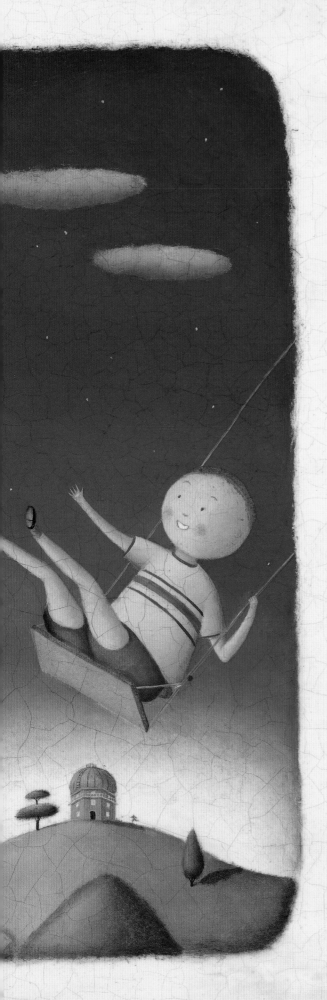

Corrimos a los columpios,
donde los pies pude elevar,
e imaginé que la Luna
me invitaba a volar,

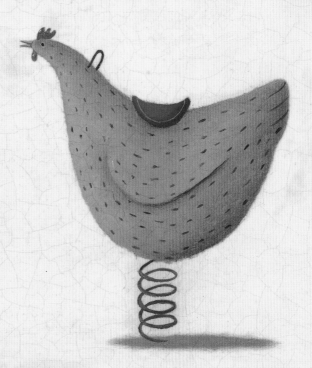

agarrados de la mano por el cielo estelar,

cuando llevé a la Luna a pasear.

Bailamos en el puente donde el agua fluye esquiva.

La Luna estaba abajo y la Luna estaba arriba,

e iluminado entre ambas,
me vi reflejado en la orilla
cuando llevé a la Luna
a pasear.

Luego, al volver, la Luna de cerca me siguió.

Hasta casa me llevó y conmigo se quedó,

y en agradecimiento, con su dulce luz me cobijó,

cuando llevé a la Luna a pasear.

La Luna misteriosa

¿Qué ves cuando observas la Luna? Los niños que viven en Europa y en Estados Unidos se imaginan que ven a un hombre cuando observan la Luna. Los niños en Japón y en India ven a un conejo, y los niños en Australia ven a un gatito. Pero todos los niños, no importa donde vivan, observan asombrados la misma Luna.

La Luna se compone principalmente de roca con un pequeño núcleo de hierro. No emite luz propia, pero refleja la luz del Sol.

La forma de la Luna pareciera cambiar durante el mes porque la luz del Sol la ilumina desde diferentes ángulos al esta desplazarse. Estas formas se llaman "fases". Estas son algunas de las fases de la Luna:

Luna nueva   Luna creciente   Cuarto creciente   Luna gibosa   Luna llena

Cuando la Luna aumenta de tamaño, decimos que es "creciente". Cuando disminuye de tamaño, decimos que es "menguante".

Para el ser humano, la Luna siempre ha sido importante para medir el tiempo. Aunque el calendario solar se ha convertido en nuestra forma de medir el tiempo, muchos pueblos siguen usando calendarios lunares.

La Luna es aliada de granjeros y agricultores: quienes siguen la tradición saben que la mejor época para sembrar las semillas y trasplantar las plántulas es cuando la Luna está en la fase creciente.

En muchas sociedades se celebran fiestas en honor de la Luna. El Festival de la Luna chino se lleva a cabo durante la llamada luna de la cosecha: cuando hay luna llena a mediados de otoño.

Muchos festivales celtas y de los indígenas americanos se realizan durante la luna de la cosecha, cuando la gente da las gracias por la cosecha y por todos los seres vivos de la Tierra.

El mundo nocturno

Si llevaras a la Luna a pasear por tu vecindario, ¿qué le mostrarías? ¿Qué sonidos oirían y qué verían?

Donde sea que te encuentres, seguramente verás algunos animales nocturnos: mamíferos, aves e insectos que generalmente duermen durante el día y salen a cazar y a comer por la noche. Están bien adaptados a la vida bajo la Luna y las estrellas.

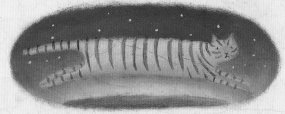

Los gatos pueden ver muy bien en la oscuridad.

Los conejos captan sonidos a través de la distancia con sus grandes orejas.

Los murciélagos usan sonidos y ecos para guiarse al volar y para encontrar comida.

Las luciérnagas emiten luz por la noche para encontrarse fácilmente.

Los búhos pueden girar completamente la cabeza y ver a otros animales a lo lejos con sus enormes ojos planos.

Algunas plantas también son nocturnas. Florecen y despiden aromas por la noche.

¡Aunque estés dormido por la noche, tu mente no lo está! Durante el día, tu mente consciente está activa, pero cuando duermes, tu mente inconsciente sigue atareada. ¡Así que el mundo nocturno no es tan tranquilo como parece!

Para mi sobrino Christopher, quien fue el primero en llevar a la Luna a pasear
y para mi madre Estella, quien lo tomó de la mano
Para mi padre Harold, la estrella que nos guía
y Lucan, mi Sol
y, por supuesto, para Emilie, por todo — C. C.

La autora extiende su agradecimiento a la Asociación de Escritores e Ilustradores de Libros Infantiles por su generoso apoyo mediante la beca Barbara Karlin, a WarmLines Parent Resources, a Jane Yolen, a los grupos de crítica literaria de Jeff Kelly y de la Biblioteca Newton y a Alison Keehn.

Para Mark, feliz paseo con la Luna, con cariño de Alison.

Barefoot Books
2067 Massachusetts Ave
Cambridge, MA 02140

Publicado por primera vez en los Estados Unidos de América
por Barefoot Books, Inc. en 2004
Esta edición en rústica en español se publicó en 2014
Todos los derechos reservados.

Diseño gráfico adicional de Louise Millar, Londres
La composición tipográfica de este libro se realizó en Legacy Serif Book de 22 puntos
Las ilustraciones se crearon con pintura alquídica sobre papel con barniz craquelado

Separación de colores por Bright Arts, Singapur
Impreso y encuadernado en China por Printplus, Ltd.

ISBN 978-1-78285-084-7

Información de la catalogación de la Biblioteca del Congreso
disponible mediante solicitud

1 3 5 7 9 8 6 4 2

Traducido por María A. Pérez